HOME

哈金

Ha Jin

路上的家園

On the Road

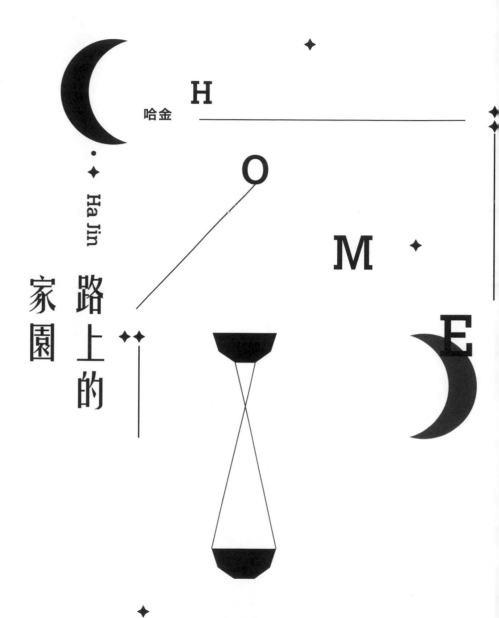

目次

★ 路上的旋律

遠方的回聲

失敗者

✦ 另一種蹣跚

哈金創作年表

作者　**哈金**

本名金雪飛，一九五六年出生於中國遼寧省。曾在中國人民解放軍中服役五年。在校主攻英美文學，一九八二年畢業於黑龍江大學英語系，一九八四年獲山東大學英美文學碩士。一九八五年，赴美留學，並於一九九二年獲布蘭戴斯大學（*Brandeis University*）博士學位。現任教於美國波士頓大學。著有詩集：《沉默之間》（*Between Silences: A Voice fromChina*）、《面對陰影》（*Facing Shadows*）和《殘骸》（*Wreckage*）；另外有短篇小說集《光天化日》（*Under the Red Flag*）、《好兵》（*Ocean of Words: Army Stories*）、《新郎》（*The Bridegroom*）和《落地》（*A Good Fall*）；長篇小說《池塘》（*In the Pond*）、《等待》（*Waiting*）、《戰廢品》（*War Trash*）、《瘋狂》（*The Crazed*）、《自由生活》（*AFree Life*）、《南京安魂曲》（*Nanjing Requiem*）、《背叛指南》（*A Map of Betrayal*）、《折騰到底》（*The Boat Rocker*）；文論集《在他鄉寫作》（*The Writer as Migrant*）。二〇一一年，在臺灣出版第一本中文詩選（譯本）《錯過的時光》（聯經）；二〇一五年，第一本以中文創作的詩集，《另一個空間》

（聯經）問世。

短篇小說集《好兵》獲得一九九七年「美國筆會／海明威獎」。《新郎》一書獲得兩獎項：亞裔美國文學獎，及The Townsend Prize小說獎。長篇小說《等待》獲得一九九九年美國「國家書卷獎」和二〇〇〇年「美國筆會／福克納小說獎」，並入圍普立茲文學獎，爲第一位同時獲此兩項美國文學獎的中國作家，該書迄今已譯成三十多國語言出版。《戰廢品》則入選二〇〇四年《紐約時報》十大好書、「美國筆會／福克納小說獎」、入圍二〇〇五年普立茲文學獎。

哈金 ｜ ©Jerry Bauer 攝

路上的旋律

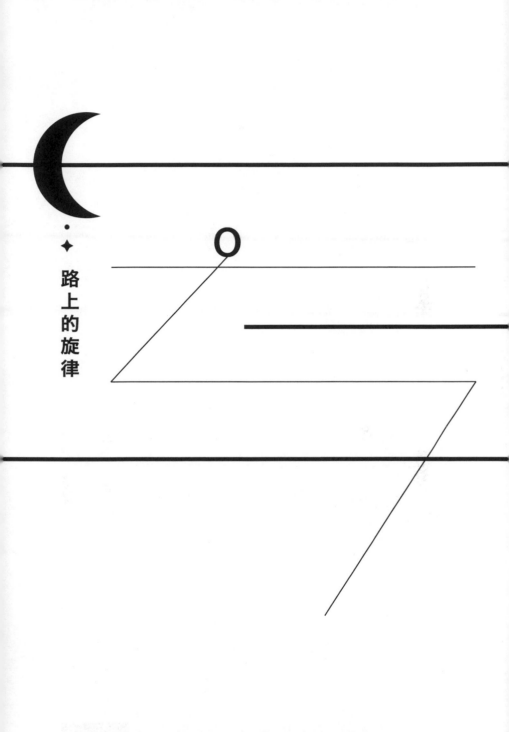

你不要原地打轉

你別再說生命無常又短暫
說要活得自在悠閒
別再說要學會忽悠時間——
每天看看電影，吃吃茶點
與朋友們侃得天高地遠

你最好跟別人一樣
也在自己的天地裡奔忙

你看，碼頭上的腳步多麼沉穩
看那些離港的海輪
它們都要負重才能遠行

走過的路

我曾要把走過的路通通甩掉
但無意中還是帶上了幾條
如今無論我走到哪裡
都覺得那些路仍在腳下
只是不知道它們怎樣延續
怎樣跟新的路會合交叉

不過我已經清楚

任何新的道路
都來自踏過的旅途
也許有一天我會自豪地宣布
正是過去的足跡
把我領進新的天地

門

多少門你通過後就悄悄關死
你不要轉身去追溯來路
因為不管你怎樣呼喊或哭泣
那些門都不會鬆動紋絲

多少門你一通過就砰地一聲
把你推進昏暗的走廊
逼你只能往前走

前面也許有一束光亮

多少門你通過後就消失
儘管許多聲音在提醒：
你千萬別忘本
身後的門連著你的根

你通過了那麼多門
學會了安然地把它們鎖緊
甚至扔掉手中的鑰匙
你習慣了在摸索中行進

雙向街

友情是一條雙向街
來來往往才紅火
如果你老是閉門謝客
或久居他鄉
再深厚的友誼都會淡薄
鮮明的記憶終將模糊

愛情也是雙向街
沒有人會永遠一頭熱
別再說愛是默默的奉獻
是永不割捨
假如沒有溫暖和歡樂
再熱的心也會冷縮

親情更是雙向街
不要以為血脈相同
就能保證孝敬和愛心
你付出多少

決定了對你怎樣感恩
你要用關愛來培育親情

火焰

別人都躲開硝煙
只有你遠遠地看見
我心裡的火焰
你悄悄來到我身邊
依偎著我彷彿要取暖
還說「直到永遠」

只有你，只有你

能承受這熊熊火焰
這火只為你長燃
好讓你活得更加燦爛
隆冬裡也不怕嚴寒
每一年都過得像一天

靜夜裡又談起分手的戀人

那時她們都渴望有個家
但我只能許諾會盡力
讓她們生活得舒適
如果她們怕冰天雪地
我們將來就去江南
如果她們不喜歡潮溼
我們就移居山區或平原

但她們更專注眼下
都要有一個實在的家：
一所寬敞的公寓
最好帶陽臺和淋浴

只有妳說不必一步到位
只要兩人能常在一起
尤其是節假日
起碼每年都一起過年
妳希望平常的日子
像泉水長流不斷

如今我們有自己的房子
自己的草坪和樹林
我們的車道上月光白花花
院子裡常來火雞和鹿群
但這些都不是家
假如沒有妳的滋潤

雙重意象

在我的夢裡你總是身穿軍裝
腳踏皮靴，紮著腰帶
你的一對短辮
隨著你堅定的步伐不停搖擺
你語氣鏗鏘地下達命令
遠方炮彈像花朵簇簇綻開
大家都說你是將才

而現實中你像淑女
你淡紫的裙子
飄過教堂前靜謐的廣場
你的半高跟鞋敲打著
春雨洗淨的石板
你的語音是白鴿的翅膀
在陽光中撲扇
你的倩影拖著
各種顏色的飛眼
究竟哪一個才是你——

猛將還是淑女？
但願你兩者都不是

碗

你隨手把它扔到地上
讓它摔出裂紋
如今你不停修補
想要它完好如新

快別黏了
什麼膠都無法遮掩

這個事實：

你有隻破碗

暴風雪

三尺大雪封住了北方
五個州全都癱瘓
商店、學校、銀行、機場
通通關了門
街上已經沒有車輛
大家終於能多休息一天
朋友們相互祝願平安
說鏟雪時千萬注意

別傷了腰或手臂
還說天氣雖然這麼壞
卻也帶來了歇息

然而，早上才八點
家裡就電話不斷
募捐或推售產品——
兒童教育基金會
乳腺癌研究中心
退伍軍人服務處
電話公司，保險代理人

還有消防隊和警所
（要調查民情）

天啊，這麼多人
突然更忙了
知道大家都困在家中

新的願望

昨天中午我們又在廣場上
戲弄那尊肥胖的雪人
擰他的胡蘿蔔鼻子
戳他的電池眼睛
還搧了他幾巴掌
彷彿那傢伙要是傷透了心
就不再敢來波士頓
也會趕緊帶走街道旁

一垛垛五六尺高的雪牆

可是今早電視臺公布
今冬已經下了102寸雪
再下五寸就將打破紀錄
於是我們又興奮起來
談論就要到來的暴風雪
希望它足夠猛烈

小船

我把一隻船停在紐斯河
停在寬闊的河中心
魚群不再胡亂游動
河水在此分成上游和下游
遠山不再是荒嶺

這是一隻玻璃鋼船
固定在水波裡

來往的鳥在船上歇息
知道這不是島嶼
也不是漂移的祕密

兩岸的森林和草地
漸漸改變了擺動的旋律
與這隻船組成新的次序
雖然它從不是
紐斯河自己的東西

蛤蟆

你還得佩服蛤蟆的生命力
無論是在小溪還是在陰溝裡
它們都能活得歡天喜地
開春時它們放在嗓子
會讓你以為是一群鵝鴨
在遠處逐波戲水

你瞧，它們蹦蹦跳跳

像小鳥就要展翅
雖然它們從沒有羽翼
它們也沒有腰肢
但走起路來卻左搖右擺
它們坐下來好像不屑站立
有如一尊尊小佛
其實它們根本就站不起來

爭奪

巧婦鳥，我知道你看好
這門上方的蔭涼
但你別在這兒絮窩

你亂扔東西，還拉屎
老把門閂弄得又臭又髒
這門口的墊子還得再擦洗

我又掃落你留下的泥草
你肯定還要回來
重建你的新窩

小東西，我不會讓
你的黑泥巴在這兒摞堆兒
就是朋友間來往

也不能不分你我
到處都有蔭涼的角落
為啥非要在我家絮窩？

煉字

你看，這是字帖和毛筆
從現在起你要多練字
每天都臨摹幾頁
漢語不但要會說會讀
也必須會寫
寫出一手好字
將來你會更有出息

你們每個星期天
都逼我上中文學校
我需要更多的時間
來完成數理化作業
還得讀英語小說和戲劇
根本沒工夫抄漢字
再分心下去
我可能會留級

別給自己找藉口
你必須多練字

做一件事情
就要做好，做徹底
如果不會寫中文
將來回合肥
你就是半個殘廢

我總算明白了
為啥中國人那麼會山寨
我們學校裡有幾個傢伙
老在家裡抄漢字
在班上他們專抄別人的作業

我不要像他們，從小
就練這種山寨功夫
我要創造，創造，再創造

選擇故鄉

奇怪啊，你這麼容易
就找到了故鄉
而且是在我寄身的地方
你選擇扎根
不再跟我流浪

你長大了
也許知道我已經接近

旅途的終點
從此可能在原地打轉
我曾以為你會像我一樣
揚起風帆
駛向另一片海洋
現在你有了永久的港灣
不再需要遠航

真沒想到，無根的我
卻成為你的根
也許這就是命運：

這一代人歷經艱辛
只為下一代人
提供能量，改善環境

其實，每一個故鄉
都曾經是前人的異鄉
記得一位哲人說過：
有福的人不用到處闖蕩
去為後輩開疆闢壤
他們生死在同一個地方

不需要故事
也不會有損傷

強者

沒錯，你還是強者
你不對權貴彎腰
也不向任何國家低頭
你曾質問那些軍人
為什麼把槍口
對準自己的人民

然而你已經遠離祖國

這裡沒有公開的壓迫
但你必須投入新的抗爭
好把你的血性
昇華成一個個微小的善行：

絕不對弱者發脾氣
不讓乞討的手空空縮回
記住好友們的生日
地鐵上給孕婦和老人讓座
為鬼節來訪的孩們準備糖果
給背痛的妻子按摩

耐心陪女兒做功課

這些溫暖的小事都是抗爭
為了使嚴酷的記憶
不永久地凍結你的心靈
你的目的是征服自己
以喜悅和關心
來重鑄你的堅毅

至少

你不要到處露臉
不要隨便參加派對和會議
那樣是在展示
對你的藝術還心存焦慮
也是在貶低自己

人們見過你就會認為
你太普通，跟他們差不到哪去

你的成績一定來自投機
或是瞎貓碰到死耗子

你頻繁的出現也會讓別人氣餒
因為你身在遙遠的邊際
標誌著想像的經緯
理當可望不可及

你看，這滿天的星
哪一顆不是獨自明滅？

它們的光波
也來自深遠的冷漠

回來吧

回來吧，二十歲的饑餓
再來占據我的身心
再給我帶來瘋狂的純真
再讓幻想在我的血脈裡湧動
再讓我放任的歌聲
穿過晨光浸滿的樹林
回來吧，二十歲的癡心

再給我送來迷茫和不安
還有那奪魂的暈眩
再讓我跟蹤朵朵雲彩
再讓我撫摸
一張張青澀的笑臉——
再把我帶到那個起點

遠方的回聲

籠子

我有一隻漂亮的籠子
它日夜飛旋
它的門開開合合
展現裡面既舒適又安全
——我應該乘它去雲遊
並接受籠子裡的空間
專心忘我地工作
跟大家一起

去完成共同的業績
最終我會生活得安逸
還能留下口碑
雖然不會有特別的故事

那籠子像一朵彩雲
圍繞我飛旋了十幾年
如今它仍然光燦如新
但我已經長大成人
再也進不去了
只能在夢裡乘它兜風

櫃子

有個櫃子你千萬迴避
誰見過裡面的東西
都會招來嫌疑
都可能鋃鐺入獄

其實，那櫃子從沒鎖死
裡邊裝些雞毛蒜皮：
處方診斷，混亂的指示

宴會菜單，各種單據
會議記錄，熟悉的名字……

那些東西亂堆在一起
看看它們理當無可厚非
但是櫃門上隨時
會出現醒目大字：
「國家祕密！」

緊箍咒

告訴我是哪位神主
給我的祖先戴上了緊箍咒？
那金環又怎樣漸漸鎖住
一代代人的心路和命數？

告訴我它的咒語是什麼
為什麼沒人唸咒
祖輩們仍會頭痛得哆嗦？

為什麼一聽到「中國」
他們就會結巴或語塞
有的還丟魂落魄？

告訴我為什麼爺爺和父親
頭上早就不見那個金環了
他們卻仍然病魔纏身
常常頭暈，還倒地抽筋？

告訴我怎樣才能掙脱
這看不見、摸不到的緊箍咒？

別再說它早已成為我的血肉
我要讓它跟皮髮同落

如果吃是文化

我們要吃鼠
老鼠皮毛厚實光滑
能給你一頭濃髮
即使你已經禿頂
也能讓你黑髮重生

我們要吃貓
貓生性機靈

能讓你變得聰明
起碼長些精神

我們要吃蛙
青蛙會游水，嗓門大
能使你聲如洪鐘
雨季裡也不染上溼病

我們要吃狐
狐狸狡猾，動作迅速
能讓你反應機敏

不掉進別人的陷阱

我們要吃虎
老虎力大兇猛
能壯陽，強你筋骨
讓你威風凜凜
戰無不勝

我們要吃龍，要吃鳳
但上天入海都抓不到它們
我們只能以蛇代龍

以雞代鳳
好把它們也吃盡

黃大仙

那時村裡常有人鬧黃大仙
她們多是女孩和體弱的女人
一旦發起病來
就以黃鼠狼的口吻
胡言亂語，還搖頭晃身
她們的家人會趕緊
衝出門，敲打臉盆
好把黃大仙嚇走

有的還手握掃帚四下搜尋
如果找到正在發作的黃鼠狼
就揍它一頓
只要能把它轟走
家裡的瘋人就能恢復安靜

如今沒人相信妖獸上身
要是有人發瘋
就送她去城裡醫院
或看精神病醫生
神化和傳說早已成為迷信

不過假如有人喊一聲：
「快去讓黃大仙走人！」
我仍可能衝出門
搜查草垛，犄角和牆根
希望能發現一隻黃鼠狼
在嘰喳亂叫，還搖滾抽風

做官

小時候我曾希望做官
雖然不清楚官到底是什麼
只想有一天官做得比老爸大
那樣他就不用再說
我太無能，二流腦筋
命裡註定要受窮
後來漸漸明白老爸也不容易

為升官常常送禮
尾巴夾得比誰都緊
即使這樣也無濟於事
那年，他的上級狀告省長
結果自己卻被一擼到底
接著禍及下屬——
有無過錯全部出局

如今老爸已經去世
他的墓碑上記著幾件
曾為當地人做過的好事

但沒提到他的官級
這讓我鬱悶了好久
覺得沒表達對他的敬意

後來我慢慢悟出
官級不過是各種俸祿
俸祿就是飯票
飯票無論大小都可以從國庫
領取食物，而且國家越大
庫裡的儲藏就越豐富
吃俸祿的人就越多

對不少人來說
愛國就是愛大國的好處：
國庫殷實，供給充裕
更利於長期拿取

然而我不願白吃白用
別人的勞動
也早就斷了當官的夢
我願做小國的公民

所謂收穫的季節

你不要忙著到處建立
自己的藝術中心
那樣是在糟蹋自己
你怎麼能養活那麼多人？
怎樣維持各種關係？
那些中心會成為累贅
就像昂貴的棺材
你無法在其中安息

你不要忙著囤積豐收
雖然你的生命已到中秋
藝術毀於安穩守成
別光說自己仍舊
燃燒著少年的雄心
只有輕裝才能再啟程

坎兒

我只穿襯衣襯褲就跑進黑夜
街上下著大雪，北風凜冽
原以為凍死不會多受罪
——體溫漸漸降低
跑不動了就倒進路旁溝裡
讓白雪覆蓋我的屍體
天啊，才跑出四五百米
我就開始哆嗦，還打噴嚏

腿也不聽使喚
拐了幾個彎
就調頭往回趕
幸虧夜深沒人看見

我不願意餵魚鱉
也不想給湖上的船主找麻煩
就跑到城南
一咬牙跳進了運河
天啊，沒想到水這麼臭
這麼冷，又這麼急——

我要死得乾淨
絕不能讓這廢水污泥
浸透十九歲的身子
我開始喊救命
但不等有人出現
就爬上了岸

我攀上宿舍樓頂
下面車輛來往不停
天啊，沒料到六層就這麼高
高得讓我頭暈，直打激靈

我強迫自己坐到頂沿兒
兩腿懸在空中
淚珠接著就斷了線
樓下人們漸漸圍成一片
有的在用手機拍照
有的在朝我呼喊：
「你媽叫你回家吃飯呢」
「快跳啊，別浪費時間」
「孩子，誰都想過尋死
這只是個坎兒，過去就沒事了」
「姑娘，你要挺住

活下去就是勝利」
他們越勸，我哭得就越厲害
心裡卻盼著員警快上來
二話不說就把我拽開

底線

你說「中國只有兩種人
一種是人，一種不是人」

這話讓我吃驚
你怎麼能說得這麼武斷？
當然我理解你的義憤：
又有一個女人被民警暴打
打得昏迷過去，大小便失禁

後來她被判了兩年刑
在監獄裡，看守們
不准她用拐杖
她只能爬著去做工

我說「你千萬要冷靜
別把話說得過分
他們亂用暴行
是因為沒了底線
也許為挽救這個墮落的文明
我們應該提高做人的底線

好使人們更有同情心
有敬畏，起碼多些人性」

你歎了口氣，反駁說
「做人的底線古今相同
而變壞了的是人
太多人退化到底線之下——
退得已經看不清
有條線是永恒的做人標準
許多人為了利益
沒有不敢做的事情

哪怕活得像蚊子蒼蠅
沒有底線的人
對我來說就是畜牲！」

我啞然無語
尋思著你的邏輯

審查官的話

到了那個國家
你要傳播我們的好消息
讚美咱們國家多麼神奇：
孩子們全受免費教育
老有所養，病有所醫
大家全都安居樂業
齊心建設新型的社會主義
可以說我們的生活比蜜還甜

雖然也有個別人忘乎所以
花天酒地，揮霍公款
另外，我們的經濟日新月異
如今旅遊通訊都非常方便
這個國家地大物博
是幸福的樂園

從那個國家歸來
你要帶回它的壞消息：
那裡人人都活在苦海裡
家家都債臺高疊

男人們酗酒，身帶兇器
女人們淫蕩無比
街上充滿憤怒的人群
他們公開燒國旗
還在電視上辱罵總統和議會
孩子們看不到人生的目的
吸毒亂性，好多少女
都懷孕，有的還生下孩子
黑人，黃種人和土著人
根本沒機會出人頭地
那裡經濟不斷滑坡

不久就會崩潰

你小子別笑
我知道你的心思
你在琢磨怎樣才能移民
好在那個國家長期住下去
要是那樣，你最好閉嘴
而且永遠別回來

手

你回去後，告訴他
我理解他的境遇
不會再主動跟他聯繫
他身邊有些手從不休息
它們搜索網頁和博客
拆檢信件和包裹
記下一個個名字
偶爾還會發出暗示

讓人夜裡驚醒
翻來覆去猜想各種可能

告訴他，千萬小心
也不要輕易跟我聯繫
那些手上長滿眼睛
能同時監視無數可疑的人
還會隨時伸出利爪
把你抓起來扔進
峽谷或黑牢或山洞
不管你怎樣喊救命

都難有回應——
那些手上的耳朵會裝聾

具體和清晰

你指著我的腦門說
「怎麼能用一個人的記憶
來代替十億人的經歷？
這樣做分明是以點當面
是歪曲現實！」

「十億」可是天大的數字啊
就是愛因斯坦再世

恐怕也抓不住頭尾——
十億張臉是什麼樣子？
十億個聲音誰能聽明白？
聽不清，看不見
你腦袋裡就會雲山霧海
裝滿千篇一律的故事

還是給我具體和清晰吧
讓我看清一張張臉
聽懂一個個句子

巨大的數位
只能製造模糊和騙局

我的中國夢

我夢想成為中國臉上的傷疤
因為它呻吟流血的時候
我也跟著顫抖
在它痛哭的日子裡
我也被淚水浸透
它的疼痛在我的靈魂中抽搐
也通過我湧上更多的心頭

我夢想成為中國臉上的傷疤
當到處都是彩旗和讚語
我卻看見堂皇的詭祕
卻聽見遠處的哭泣和歎息
我是一團凝固的記錄
糾結著化不開苦難和罪跡
還有那扒了皮的土地

無論中國笑得多麼燦爛
我既不分享榮譽
也不點綴美麗

我要成為它臉上的傷疤
成為它悲慟和恥辱的標記
雖然我也常常沉思
怎樣才會消失

失敗者

遺願

他曾是優秀的抒情詩人
二十多歲就名滿江南

後來他被國家重點保護
成為文化官員
一切都順理成章
他每天都不用坐班
出門有司機

大部分事務由祕書處理
他生活得優越安全
只是五十多年來
再沒寫出自己滿意的詩篇

現在他就要離去
領導們來到他床前
送來安慰的話語
還問他有什麼心願
而他卻抽泣起來

說「我要寫詩
我要寫出不朽的詩句！」

向死而生

說實話，你不是優秀的詩人
但我不願再跟你爭論
你病成這樣，就要離去
最好讓你守住圓滿的憧憬

但你自信得讓我吃驚
夾著香菸的枯手依舊平穩
你不時地咳嗽

臉上卻湧出超脫的笑容

你說「還記得那首詩嗎？」
我當然記得，你不必吟詠
它說的是人應該向死而生
如今你好像在以身證明

然而，後來你卻去了八寶山
你肯定早就在經營
追悼會上盛大的場景——

花圈和輓聯都來自要人

你曾對我表露的信心
不過是由權勢支撐
你並不相信單憑詩句
就能在一些舌頭上永存

李煜

想來想去
最無能的君王還是你
你既不懂政治也不懂軍事
甚至沒有作惡的力氣
你每天沉湎於書卷典籍
詠經拜佛，興建廟宇
撫琴作畫，填詞吟詩

登基後十幾年你就淪為
宋太宗的階下臣子
彷彿上蒼毀掉你的江山
就是要讓你的詩詞
更加淒婉真切
讓漢語在你手中變得絢麗
能說透綿綿哀愁和怨悔

一個個朝代都絕了跡
一位位皇帝只剩下名字
宋太宗是誰？

他有什麼業績？
留下了什麼卓見或警句？
我只知道他滅了你的王國
洗劫了你的宮邸
霸占了你的皇后
甚至當眾將她調戲

然而，不可一世的他
最終成為你詩詞的一條注釋
那是他莫大的運氣

梅爾維爾和他的《白鯨記》

一本又一本你都失敗了
你根本寫不出暢銷書
也不知道什麼故事
能讓女士們歡喜

當收到倫敦版的《白鯨記》
你憤怒地發現
一段又一段被刪改

連〈後記〉也首尾不見

錯字贅句比比皆是
顯然編輯們隨意改動了
他們不滿意的章節
接著書評一個比一個尖刻

有的說你已經瘋了
而此刻美國版的《白鯨記》
就要付印，你得修改校樣
你沮喪得剛開始就停工

還信口說「我不幹了
就讓未來的批評家們做吧」
你又開始酗酒
每天跟老婆吵架

沒人會料到一代又一代學者
將比較不同的版本
揣度你的意圖
好做出終極版的《白鯨記》

梵谷的〈紅葡萄園〉

畫展上一個小小的義舉
使我載入了歷史——
安娜．波克竟成為梵谷在世時
第一位，也是唯一一位
買下他作品的人

從他的六幅畫中
我選了〈紅葡萄園〉

花了四百法郎
這不過是我一身衣服的價錢
而對那位在法國南部鄉下
掙扎著的演出者來說
這也許意味著新的開始
我認識梵谷，見過他的黃房子
他一直夢想把那座遙遠的小宅
變成演出者們棲身的中心
他是多麼害怕孤單啊！
我弟弟是他的朋友
我倆一起去拜訪過他

去觀看他作畫

他那時還是不名之輩
而我的畫已經賣得很好
但任何有眼光的行家
都看得出梵谷的內力和才華
如果不是三十七歲就去世
他肯定會看見自己
漸漸成為歐洲畫壇的巨星
他曾對我弟弟說
「痛苦就是人生

我好痛苦，我一事無成
我的悲哀將永久長存」

布魯塞爾畫展上的一些老頑固
揚言要把梵谷的作品拿掉
認為它們太粗俗，毫無章法
那更讓我要買下這幅畫

後來〈紅葡萄園〉就掛在
我的音樂廳中心
但每當我仔細觀賞它

心中都掀起異樣的波瀾
像海潮撲面而來
讓我發慌，無法作畫
所以我就把它賣了

不要以為我不珍惜梵谷
每年我都要重讀
他的《普羅旺斯來信》
好讓他的文字再撕扯我的心
讓我再體驗那無邊的

孤獨、絕望、貧困、瘋狂
和那洶湧的創作欲望

卡夫卡

（一九一二年十月八日）

我是什麼人啊？
怎麼老折磨家人和自己？
今早父母和妹妹
又用不屑的目光看我
他們的眼睛在說「真沒出息」

但我不能屈服，不能同意
在妹夫出差的日子裡
接管他的石棉廠
我天天發燒，頭痛加劇
胸口老堵得慌
就是身心正常時
我也根本沒有管理能力

另外，我的長篇剛動筆
必須全力寫下去
跟家人我怎麼也說不明白

他們認為寫作是奢侈
是無利可賺的投資
我真恨他們啊！他們怎麼
就不想想我多不容易？
我每天都去保險公司工作
必須保住那個位置

在班上我老得控制自己
不讓感情一瀉千里
好幾次我差點給老闆下跪
求他保證不把我解職

我是個病人，隨時
都會成為公司的累贅

今晚我獨自待在屋裡
反復尋思著怎樣
才能衝出這個困局
也許等家人都入睡後
我就縱身跳下樓去

最後的婚禮（喬治・歐威爾）

寫作已經把你榨乾
你卻仍懷著舊夢——
夢想女人們都對你傾心？
你忘了多少人曾拒絕嫁給你
你這尖銳又尖刻的人

是啊，在你生命的盡頭
《一九八四》出版風行

你的名聲終於鑄就
你將成為偉大的魂靈
雖然癆病就要把你帶走

醫生和朋友們都清楚
你離死亡只差一步
但他們仍鼓勵你結婚
你要娶個美女，多活幾年
好把心裡的書寫完

你還是愛慕那藍眼女子

最終在病床上與她喜結連理
好一個死亡的婚禮啊！
不到三個月就有了結局——
夜裡你獨自吐血斷氣

黃泉路上誰有伴侶？
何必聯手與死神搏鬥？
你應該安然地接受
耗盡的軀體
和不朽的自己

聽不見的歌（鄧麗君）

我多麼想和別人一樣生活
每天給你做完早餐
就送孩子去上學
然後提著籃子去逛街
不管到哪裡都沒人注意我
買菜回來，哼著歌
把一間間屋子收拾整潔
下午早早就下廚

你下班一到家熱飯就上桌
晚上陪著孩子做功課

只要有你做我的依託
我不需要別的什麼
我多麼想和別人一樣生活

選擇了唱歌
就必須在臺上閃射
當初我並不曉得
轟轟烈烈的成功

不過是片刻
接下來還有落魄

天地（錢學森）

你曾是那麼智慧，那麼果敢
不管多麼喜歡加利福尼亞
多麼珍惜學院的環境和條件
你絕不等美國糾正錯誤
還給你清白和榮譽
你毅然帶著家人返回祖國

是啊，誰能等得起

國家回心轉意？
多少生命在等待中流逝
而且最終等到的東西
往往已經沒有意義

在中國你肩負起另一種使命
你的天地在北京，在河西
在沙漠，在太平洋
最終伸展到大氣層外
一組組導彈，一顆顆衛星
都讓你的存在別有意義

你耀眼的成績
迫使那些侮辱過你的人
在地球另一邊歎氣
罵他們的政府太愚蠢

但是你的天地
也擴展到另一個領域
那裡布滿誘惑和詭計
你成為響噹噹的政治人物
而且每一次積極的參與
都使你變得可笑，更乖戾

也給別人帶來災害
有人議論，有人惋惜——
你喪失了晚節和自己
幻想科學家也能在官場上
縱橫自如，所向無敵

你的悲劇在於
沒守住屬於你的天地

朝鮮女人的中國夢

姐妹們，這就是圖們江
江水不到脖子也不急
但天黑前咱們還得藏在葦叢裡
江那邊就是中國
那邊大米和豆腐多的是
每天都能吃上肉和魚
就連他們的雞鴨貓狗
都吃玉米、高粱和包子

等我們過去後安頓下來
就可以掙些錢買糧食
託人祕密地捎回來
幫助家人活下去

你們別罵人販子
他們不過是為了點小利
把像咱們這樣的姐妹
賣給那邊找不到老婆的人
其實，人販子也不容易
得冒險把咱們藏在家裡

還要用車送咱們去大小城市
食宿、衣物、運輸、待客
加在一起是不小的花費
而咱們每人只能賣上
兩三萬人民幣

別指望那邊的男人會正式娶你
咱們都將沒有合法身分
落不上户口就拿不到結婚證
但只要能吃飽肚子
不挨男人打罵就算有福氣

不過你們可別懷孕
咱們在那邊生的孩子
都不是公民，根本沒有將來
所以男人們都把他們當累贅
還有，千萬別讓中國員警抓住
一旦落到他們手裡
你就不再是人
他們會隨便禍害你
而且很快就把你押送回來
回到朝鮮你就得去蹲監獄

不管長官們怎樣審問你
你都要堅持說自己餓瘋了
跑到中國去找東西吃
去弄些食物回來
好救救父母和弟弟妹妹
那樣他們一般會判你兩三年
一旦你說是被人販子帶過江去
或者你幫助了偷渡的人定居
那你就沒命了——不被槍斃
也會累死或餓死在獄裡

好了，大家別怕
天黑下來咱們就出發
但願今晚沒有月亮
兩岸的哨兵看不見咱們
就不會開槍

另一種蹣跚

讚語

普世價值是明亮公正的
它們讓人超越獸性
不總在具體的泥沼裡打滾
它們使暴君睡不安穩
無法永久坐在人民頭頂
沒有辱罵，沒有子彈
能把它們圍剿殺盡
它們的根扎在人的理性

普世價值是智慧美好的
它們用希望驅散虛無
使謊言最終都落為恥辱
它們給善惡明確的尺度
讓邪惡也看見自己的齷齪
讓善行不與利益為伍
讓人類能不斷改善自己
改善世界，總有差距

一位五十八歲的畫家去美國

明天你就要離開
你曾熱愛的上海
去遠方尋找另一種生活
「也許是另一種死亡」
這些天你常笑著説

你已經死過好幾回
不要仍把死亡當作心事

無論那邊的生活多麼艱難
你都要活下去
活下去就會有奇蹟

是啊，你不懂英語
也沒有從頭打拚的力氣
但你有堅毅和畫筆
在那片陌生的土地上
你要和過去一樣
生活得執著而又精緻

還要戒酒，少熬夜
你要牢記自己存在的意義：
不管流落到哪裡
你的足跡都將成為路碑

困境

你別老提自己的損失
是的，你失去了那麼多：
家園、工作、親人、國籍
你飄落到另一片土地
那裡一切都陌生
你必須重新開始
有時你像學語的孩子

有時你像驚恐的老人
亂了心緒，找不到自己
多年來你生活得
從迷失到迷失到迷失
完全被困難包圍

然而，哪個有意義的生命
不是出自困境？
不是由困難構成？
別再說自己的苦難了
苦難從不平等——

比起那些芸芸草民
你還是應該慶幸
因為你有機會重新做人

孤獨

你不知道我多麼喜歡孤獨
靈魂更熱愛古遠的來賓
但他們只在你獨處時才肯光臨
別再說孤獨多難忍受
無論你在哪裡，島嶼或遠村
都不會缺少神靈般的朋友
只要你不走出家門

你不知道我多麼討厭交際
一桌桌豐盛的酒席
一場場派對——讓人歡喜
卻拉不短眾人間的距離
熱鬧使你聽不見悠遠的話語
還讓你亂認兄弟姐妹
你不知道我多麼感激孤獨

想家

這陣陣落葉容易讓人消沉
但你習慣了深秋的情景
樹木明春還會吐綠
現在你不必黯然傷神

然而想家卻是深深的心病
雖然你早已不知道家在哪裡
家是另一種存在

失去了就不再回來
只留下隱隱作痛的記憶

如今你心中常常湧現不同的家
它們都在你不曾去過的地方

醒醒吧，其實你的懷新
與戀舊僅僅是遐想
怎樣擺脫客居的窘境

流亡的選擇

雖然你已經接近中年
但你仍要將自己連根拔起
去遠方重新開始
你遲遲沒動身
還拿不準在哪裡扎根
你常說希望能像那位藝術家
買下一個遙遠的荒島

在自己的土地上自由地生活
養雞，種菜，做木工
把果樹和竹子栽滿山坡
那小島上四季如春
只聽得見潮汐和鳥語
安靜美麗得快讓人窒息

可是別忘了他最終選擇自殺
甚至對妻子也下了毒手
因為他覺得實在無路可走
完全被瘋狂和恐懼壓垮

一開始他就應該明白
選擇了流亡
就不會再有自己的土地
——他心裡將湧起
不斷出發的欲望
他的家園只能在路上

你別夢想在哪兒扎根
一旦啟程
你就得活得像隻船

就得接受漂泊的命運——
從港灣到港灣，到港灣……

失去的月亮

就這樣，我也丟掉了月亮
渾噩中把一張笑臉
當做全部光源和希望
並跟它走進了黑濛濛的森林
從此再看不清天上的風光
怎樣跋涉，怎樣搜尋
也找不到曾經翻越的山崗

如今黑夜和白天沒有兩樣
時光都消磨在電腦和手機上
其實我早就明白
那張笑臉不過是皎潔的幻象
但我已經不會像祖先那樣
仰望明月高懸在馬前或路旁
好捎話給友人和故鄉

我飄落到祖先沒聽說過的地方
須活出另一種堅強

災難

是啊，你骨子裡清楚
災難又要降臨了
這回它會呈現什麼面目？
你見過死亡和病魔
也有過家破人散的恐懼

一回又一回你都接近崩潰
呻吟說「我完蛋了！」

但你還是爬了起來
重新出發上路
雖然你必須轉彎
必須越過新的山谷
必須學會另一種蹣跚

現在災難又要來了
但你不再戰慄
你已經熟悉它的規律：
猙獰的面具下藏著
各種鬼神，包括機遇

墓園

我觀賞過那座墓園的美麗
那裡有披滿陽光的山坡
還有北大西洋的綠水
撫摸著石階和草地
彎曲的小徑旁石碑簇立
週末墨西哥園工在修剪花卉
處處安靜明亮，井然有序
我明白你倆為啥要去那裡安息

還替國內的家人在那兒買了墓地

你們知道自己身後將去哪裡
也就收斂了漂泊的心事
生活也跟著安定下來

其實，墓園是另一類村莊或城市
人們此生後可以去那裡定居
我真羨慕你倆清楚自己的歸宿
而我卻拿不準將去哪裡
也不曾眷戀任何土地
即使死後，也許還要遷徙

紙

你要珍惜面前的白紙
在上面寫下擦不掉的字句
如果你幸運，它們會
滋育常新的故事
也會融入你立身的底氣

這張紙是卑微的開始
可是沒有詆毀，沒有權力

能撼動上面的黑字
你的聲音和久遠的消息
將從這裡慢慢飛起
你要把全部力氣
都給予面前的好紙

哈金創作年表

詩歌

一九九〇——《沉默之間》（*Between Silences: A Voice from China*）

一九九六——《面對陰影》（*Facing Shadows*）

二〇〇一——《殘骸》（*Wreckage*）

二〇一一——《錯過的時光：哈金詩選》

二〇一五——《另一個空間》

長篇小說

一九九八——《池塘》（*In the Pond*）

一九九九——《等待》（*Waiting*）

二〇〇二——《瘋狂》（*The Crazed*）

二〇〇四——《戰廢品》（*War Trash*）

二〇〇七——《自由生活》（*A Free Life*）

二〇一一——《南京安魂曲》（*Nanjing Requiem*）

二〇一四——《背叛指南》（*A Map of Betrayal*）

二〇一七——《折騰到底》（*The Boat Rocker*）

短篇小說集

一九九六——《好兵》（*Ocean of Words: Army Stories*）

一九九七——《光天化日》（*Under the Red Flag*）

二〇〇〇——《新郎》（*The Bridegroom*）

二〇〇九——《落地》（*A Good Fall*）

文論集

二〇〇八——《在他鄉寫作》（*The Writer as Migrant*）

得獎紀錄

《好兵》獲得筆會／海明威獎
《光天化日》獲得芙蘭納莉・歐康納短篇小說獎
《等待》獲得美國國家書卷獎，及筆會／福克納小說獎
《新郎》獲得亞裔美國文學獎，及The Townsend Prize小說獎
《戰廢品》獲得筆會／福克納小說獎
此外還多次獲得過普希卡獎、坎尼評論獎，以及歐・亨利短篇小說獎。
短篇小說多次被收入年度最佳短篇小說集。

當代名家・哈金作品集4

路上的家園

2017年1月初版 定價：新臺幣380元

著者	哈金
總編輯	胡金倫
總經理	羅國俊
發行人	林載爵
叢書主編	陳逸華
整體設計	朱疋

出版者	聯經出版事業股份有限公司
地址	台北市基隆路一段180號4樓
編輯部地址	台北市基隆路一段180號4樓
叢書主編電話	(02)87876242轉224
台北聯經書房	台北市新生南路三段94號
電話	(02)23620308
台中分公司	台中市北區崇德路一段198號
暨門市電話	(04)22312023
台中電子信箱	e-mail：linking2@ms42.hinet.net
郵政劃撥帳戶第	0100559-3號
郵撥電話	(02)23620308
印刷者	世和印製企業有限公司
總經銷	聯合發行股份有限公司
發行所	新北市新店區寶橋路235巷6弄6號2樓
電話	(02)29178022

行政院新聞局出版事業登記證局版臺業字第0130號

本書如有缺頁，破損，倒裝請寄回台北聯經書房更換。 ISBN 978-957-08-4864-9 (精裝)
聯經網址：www.linkingbooks.com.tw
電子信箱：linking@udngroup.com

國家圖書館出版品預行編目資料

路上的家園/哈金著．初版．臺北市．聯經．2017年
1月（民106年）．192面．14.8×21公分
（當代名家・哈金作品集4）

ISBN 978-957-08-4864-9（精裝）

874.51 105024222